www.literaturasm.com

Para mis primos suizos: Elena, Laura,
Claudia, Henrique y Máximo.
Y para mis primos suizos: Jacint y Eva.

Primera edición: junio 2002
Decimoprimera edición: julio 2012

Dirección editorial: Elsa Aguiar

© del texto: Luisa Villar Liébana, 2002
© de las ilustraciones: Jesús Gabán, 2002
© Ediciones SM, 2002
Impresores, 2
Urbanización Prado del Espino
28660 Boadilla del Monte (Madrid)
www.grupo-sm.com

ATENCIÓN AL CLIENTE
Tel.: 902 121 323
Fax: 902 241 222
e-mail: clientes@grupo-sm.com

ISBN: 978-84-348-8535-6
Depósito legal: M-31544-2009
Impreso en la UE / *Printed in EU*

EL BARCO DE VAPOR

La flor
del tamarindo

Luisa Villar Liébana

Ilustraciones de Jesús Gabán

En el Tercer Mundo,
una niña quería ir al colegio.

Vivía en una pequeña ciudad,
en la que todos tenían un tamarindo
a las puertas de su casa.

Cada año, un tamarindo,
solo uno,
daba una flor prodigiosa.
Todos anhelaban
ver florecer en su árbol
la prodigiosa flor
que tenía la virtud
de hacer cumplir
el deseo de su dueño.

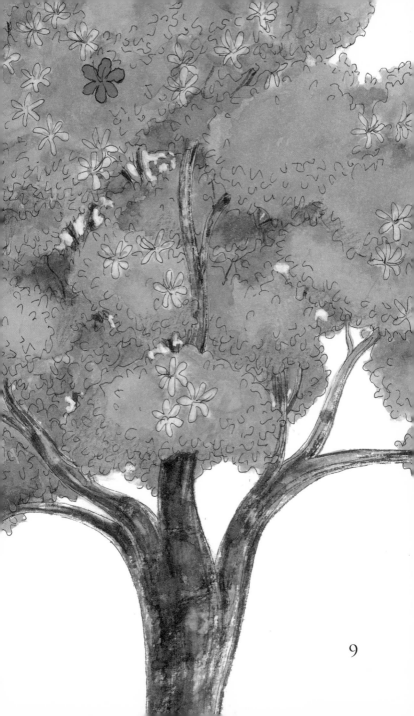

La niña se llamaba Iris
y también tenía su tamarindo.

La madre de Iris trabajaba
en un telar,
que vendía sus bellas telas de seda
a una multinacional de Occidente.

Como la multinacional
le pagaba tan poco
y le hacía trabajar
tantas horas,
Iris se encargaba
de limpiar la casa,
hacer la comida
y cuidar de sus hermanos.
Y para ayudar económicamente,
recogía coles
y las vendía
en el mercado de la ciudad.

Por eso no iba al colegio.
Además, en su ciudad
no había un colegio donde ir.
En medio del trabajo,
Iris siempre encontraba un hueco
para regar su tamarindo.
Ella también deseaba
la flor prodigiosa.
Si florecía en su árbol,
le concedería su deseo:
ir al colegio.
La flor prodigiosa haría
que su deseo se convirtiera
en realidad.

18

Como en el Tercer Mundo
no hay agua corriente,
todos los días,
acompañada de su perro Gushú,
recorría un buen trecho
en las afueras de la ciudad,
hasta llegar a un arroyo,
y regresaba a casa
con agua suficiente
para regar su tamarindo.

Y le hablaba con amor.
Pues regar el árbol era
lo más hermoso que ella hacía.
Le decía:
    —Tamarindo, mi bonito árbol,
¡si floreciera en ti
la prodigiosa flor!

Una noche
que en el cielo brillaba la luna,
la niña se asomó a la ventana
para mirar las estrellas.

Gushú dormía a los pies
del tamarindo,
y el árbol parecía dormir también.

De pronto,
un perfume de flores
llegó hasta ella
y una flor nació
en una de las ramas.
¿Sería la flor prodigiosa,
o una de tantas flores amarillas
que crecen en los tamarindos?

¡Oh, sí!
Era la flor roja,
la flor prodigiosa.
La luz de la luna dejaba ver
su color.

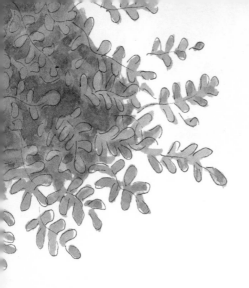

El corazón de Iris latió muy deprisa.
Corrió hasta el árbol.
Pero, al llegar a él,
la flor no estaba en la rama.

La había robado el hombre poderoso.
Un magnate que tenía propiedades
y acciones,
bancos que guardaban su dinero
y hombres a su servicio;
por eso lo llamaban así.

El magnate guardó la flor
en un cofre de plata.

Al dar las doce,
le pidió su deseo:
    —Flor prodigiosa
–le dijo–,
quiero que llenes
de lingotes de oro
la cámara de mis bancos.
    —No conozco tu voz
–dijo la flor.
Y se marchitó dentro del cofre.

La niña pensó
que tal vez había soñado.
Tal vez no había nacido la flor.

Al día siguiente,
de noche,
la luna brillaba en el cielo
y la niña se asomó a la ventana
para mirar las estrellas.
Gushú dormía a los pies
del tamarindo,
y el árbol parecía dormir también.

De pronto,
un perfume de flores
llegó hasta ella.
Miró el tamarindo
y vio que una flor nacía
en una de sus ramas.
    ¿Sería la flor prodigiosa?
    ¡Oh, sí!
Lo era...
La luna dejaba ver su color.

El corazón de Iris
empezó a latir muy deprisa.
    Corrió.
Corrió hasta el árbol,
pero al llegar a él,
Gushú ladraba
y la flor no estaba en la rama.

La había robado
el hombre poderoso.
Por segunda vez,
el magnate guardó la flor
en el cofre de plata,
y, al dar las doce,
le pidió su deseo.

—Flor prodigiosa
–le dijo–,
quiero que llenes
de lingotes de oro
las cámaras de mis bancos.
   Por segunda vez,
la flor respondió:
   —No conozco tu voz
–y se marchitó dentro del cofre.

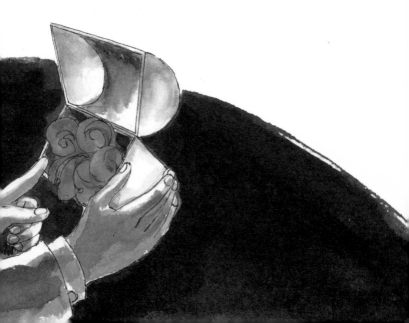

La niña pensó
que había vuelto a soñar.
Deseaba tanto ir al colegio,
pedírselo a la flor...,
que tal vez lo había soñado.

La flor volvió a florecer.
Gushú volvió a ladrar
y el hombre poderoso se la llevó
de nuevo.
Y de nuevo se marchitó
dentro del cofre.
Hasta que el magnate, aburrido,
dejó de robarla.
Pues la flor siempre decía
que no conocía su voz.
Y siempre se marchitaba.

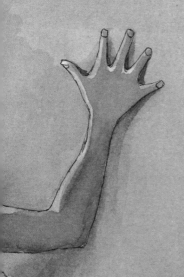

Una mañana, al despertar,
la niña vio la flor
en su árbol.
No estaba soñando:
era la flor roja,
la flor prodigiosa.

Le pidió su deseo:
ir al colegio.
¡Lo deseaba tanto!
Deseaba tanto ir al colegio,
que su corazón empezó a latir
muy deprisa.
 La flor dijo:
 —Arranca uno de mis pétalos.
 La niña arrancó uno de sus pétalos,
y este se convirtió
en una pequeña figura,
como un pequeño soldado.
Y el pétalo volvió a florecer.

   Arrancó otro pétalo,
y se convirtió en otra pequeña figura,
como otro pequeño soldado.
   Así,
porque la flor se lo pedía,
arrancó todos sus pétalos
y estos se convirtieron
en un montón de pequeños soldados,
mientras la flor permanecía
entera y hermosa.

Los soldados trabajaron
todo el día.
Llegó la noche,
y la niña se durmió
junto al perrito Gushú.
¡Estaba tan cansada!
    Al despertar,
en su pequeña ciudad
había un colegio,
construido cerca de su casa.

Un día,
una maestra joven
empezó a dar clase,
y el colegio empezó a funcionar.
Se llamaba señorita Ishiam.
Se hizo tan amiga de los niños
que todos la llamaban Ishi.

   Iris no dejó de trabajar.
   Ordenaba la casa,
hacía la comida
y cuidaba de sus hermanos.
Recogía coles
y las vendía en el mercado
de la ciudad.
A pesar de ello,
el colegio le quedaba tan cerca,

que le daba tiempo
de ir a las clases de Ishi,
como tanto había deseado.

Desde que iba al colegio,
estaba aún más atareada.
Pues también leía libros
y estudiaba.

Pero siempre encontraba un hueco
para regar el tamarindo.

Aunque el árbol nunca más
podría darle una flor prodigiosa,
cada mañana
Iris se levantaba temprano,
muy temprano,
recorría un buen trecho
en las afueras de la ciudad
con su perrito Gushú,
y regresaba con suficiente agua
para regar su árbol.

Lo regaba
y le hablaba:
—Tamarindo,
mi querido árbol,
gracias por la flor.

Le hablaba con mucho amor.
Pues regar su árbol
era lo más hermoso que ella hacía.

Y se iba al colegio.
Todos, todos los días.

Y, mientras regresaba,
el perrito Gushú la esperaba
echado a los pies del tamarindo.

EL BARCO DE VAPOR

SERIE BLANCA (primeros lectores)

64